Mes petites énigmes

Du CM1 au CM2
9-10 ans

ESCAPE GAME

Voyage infernal

Charlotte LEROY-JOUENNE
Professeur de français,
créatrice d'Escape Games

hachette
ÉDUCATION

Plonge au cœur d'une histoire palpitante, intrigante et pleine de rebondissements et voyage à travers les continents !

Échappe-toi de ce périple qui semble ne jamais finir ! Résous les énigmes une à une et collecte tous les chiffres mystère qui te permettront de t'en sortir et de percer le secret de cette histoire. Prêt(e) à relever le défi ?

Ouvre l'œil et ne laisse passer aucun indice !

Bienvenue dans le jeu !

Couverture (conception et réalisation) : Hung Ho Thanh
Conception graphique : Florence Le Maux
Illustrations (couverture et intérieur) : Philippe de la Fuente
Mise en page : Médiamax
Édition : Emmanuel Meier

Crédits © Shutterstock :
Escape Game 1 : bandeau, Liudmila Klymenko ; p. 7, Jasenka Luksa ; p. 15, Peter0808 (repris dans les solutions).
Escape Game 2 : bandeau, Katsiaryna Pleshakova, Weredragon ; p. 23, kamadeva ; p. 24, Colin Dewar.
Escape Game 3 : bandeau, Hung Chung Chih, Marish, MuchMania ; p. 30, MuchMania ; p. 36, benjamas154.
Escape Game 4 : bandeau, andromina, d1mensi_des1gn, katerinarspb.
Escape Game 5 : bandeau, Cattallina, Katsiaryna Pleshakova.

I.S.B.N. : 978-2-01-714819-7

www.parascolaire.hachette-education.com

Achevé d'imprimer en mars 2022 en Espagne par Grafo
Dépot légal : Avril 2022 - Édition 01 - 15/2464/4

SOMMAIRE

VOYAGE INFERNAL

Tu es en vacances chez Jules et Jade, tes cousins parisiens. Vous profitez de ton séjour pour visiter le musée du Louvre. Alors que vous découvrez les collections égyptiennes en compagnie d'un guide, tu remarques une petite porte, un peu à l'écart. Jules pousse la porte avec curiosité et vous passez vos têtes à l'intérieur. Tout à coup, tu te sens comme aspiré(e) en avant...
Et vous voici dans un tout autre décor !

ESCAPE GAME 1

Le tombeau royal

ÉNIGME 1

Tu n'en crois pas tes yeux : tout autour de vous, du sable à perte de vue. Au loin, des pyramides ! Soudain, Jade sent une présence derrière vous. « C'est juste un chat ! », dit Jules. Il porte un étrange collier...

Jade prend l'animal dans ses bras. Tu examines son collier de plus près et découvres une série de symboles.

« Ça alors : ce sont les mêmes symboles que sur le panneau du musée ! », s'exclame Jules.

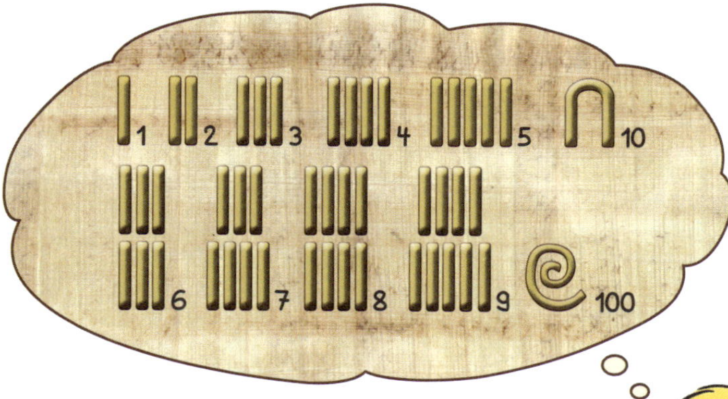

Décode les symboles et écris les six nombres.

Six nombres du collier :

____

Indice

Compte bien les bâtonnets !

Le chiffre des unités du quatrième nombre du collier est le chiffre mystère n° 1.

Mon chiffre mystère n° 1

....

ÉNIGME 2

Maintenant que vous avez déchiffré les nombres du collier, Jules se demande à quoi ils servent. Jade a alors une idée de génie : et si c'était un mot codé ?

Reporte ici les nombres du collier de la page précédente et découvre le mot codé.

Nombres du collier	__	__	__	__	__	__
Décodage	__	__	__	__	__	__

Indice

Les nombres correspondent à la position des lettres dans l'alphabet : 1 = A ; 2 = B...

Mot codé du collier :

__ __ __ __ __ __

Bien joué, Jade ! Ce nom te rappelle quelque chose... Mais oui, le guide en parlait dans le musée ! Il s'agit du nom de la grande pyramide qui se dresse au loin. Vous décidez de vous y rendre.

Trouve le bon chemin jusqu'à la pyramide.

Indice

1 km = 1 000 m
1 m = 1 000 mm

Le chiffre des centaines du seul nombre exprimé en millimètres est le chiffre mystère n° 2.

Mon chiffre mystère n° 2

....

ÉNIGME 3

En chemin, vous vous interrogez : par quel mystère vous retrouvez-vous ici ? Les nombreuses personnes présentes sur le site pourront-elles vous aider ? Près des pyramides, vous vous adressez aux touristes.

Relie les phrases aux touristes qui les prononcent.

Indice

Observe bien l'accord des adjectifs !

Décidément, personne ne vous prend au sérieux...
Tout à coup, les miaulements du chat attirent votre attention sur un panneau à l'entrée de la pyramide. Jade décide de l'examiner.

Trouve l'itinéraire qui mène au tombeau.

Indice

= Déplace-toi d'une case vers la droite.

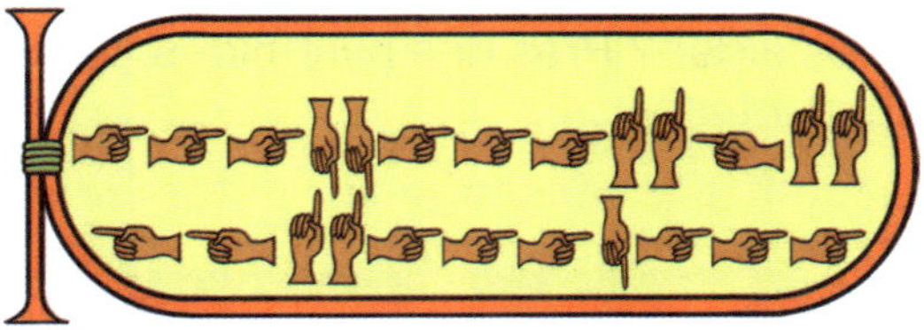

Réponse :

Le tombeau est situé dans la case n° __ .

Le numéro de la case où se trouve le tombeau est le chiffre mystère n° 3.

Mon chiffre mystère n° 3

....

ÉNIGME 4

À l'intérieur de la pyramide, il fait sombre. Heureusement, grâce aux indications du panneau, vous arrivez dans une salle éclairée. Quel spectacle grandiose ! Sur le tombeau, une série de symboles vous intrigue.

Déchiffre le message sur le tombeau.

Indice

C'est un rébus !

Message déchiffré :

____ !

Pas de doute : il s'agit bien d'un sarcophage comme ceux du musée ! Jade se met à frissonner...
Jules rit, mais tu vois bien qu'il n'est pas rassuré non plus.

Découvre à qui appartient ce tombeau.

Indice
Aide-toi des dessins des dieux pour compléter la grille.

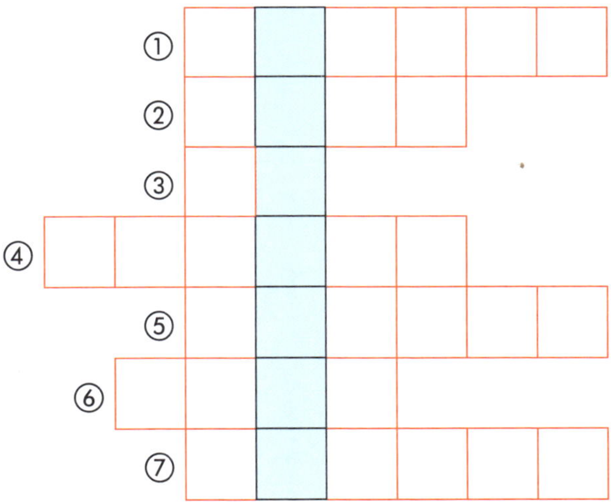

① Dieu du mal représenté par un serpent.
② Dieu du savoir à tête d'ibis.
③ Dieu du soleil à tête de faucon.
④ Dieu mort-vivant au teint verdâtre.
⑤ Déesse portant le soleil entre deux cornes.
⑥ Dieu à l'aspect humain coiffé de deux plumes.
⑦ Dieu de la mort à tête de chacal.

Réponse :
Il s'agit du tombeau du

_ _ _ _ _ _ _ .

Le tiers du nombre de divinités représentées sur le dessin de la page 12 est le chiffre mystère n° 4.

Mon chiffre mystère n° 4
....

★ ÉNIGME 5 ★

La beauté du lieu te ferait presque oublier les circonstances qui vous ont conduits jusqu'ici ! Mais les miaulements du chat te font reprendre tes esprits. Vous suivez l'animal dans une petite pièce.

Découvre ce qui se cache dans cette pièce.

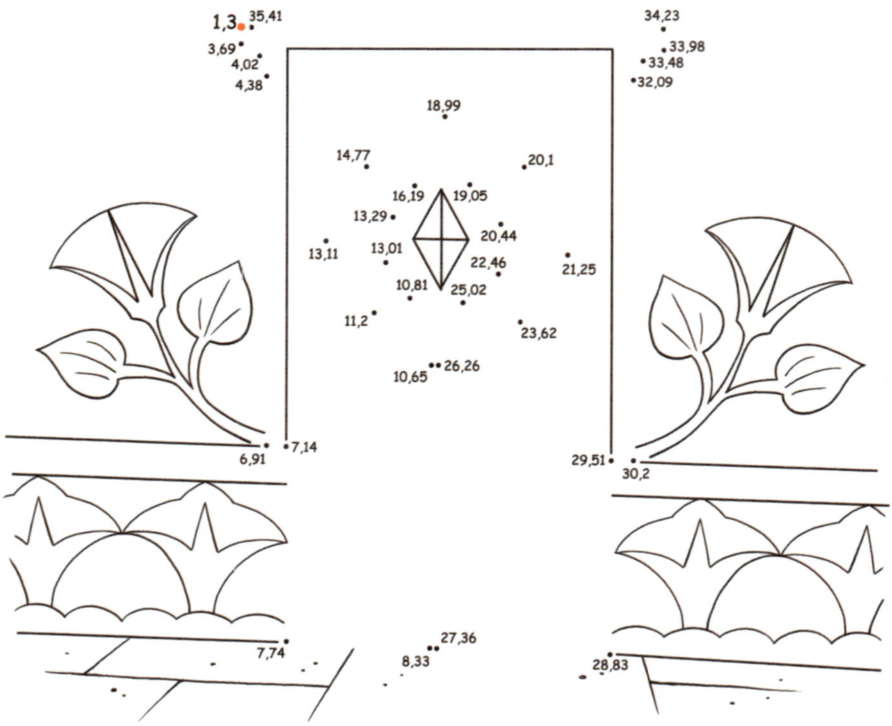

Indice

Relie les points dans l'ordre croissant.

Réponse :

Il s'agit d'une _ _ _ _ _ .

Tu bondis de joie : cette porte ressemble à celle du musée !
Mais elle est fermée par un cadenas à trois chiffres. Cette étrange pyramide gravée dans la pierre permet peut-être de l'ouvrir…

Trouve le code du cadenas.

Indice

Chaque case est la somme des deux cases qui se trouvent en dessous.

Code du cadenas :

_ _ _

Le chiffre des dizaines du code du cadenas est le chiffre mystère n° 5.

Mon chiffre mystère n° 5

....

★ DÉCOUVRE LE MOT SECRET ★

Hourra : tu as trouvé le code ! Le cadenas s'ouvre et tu as hâte de franchir la porte avec tes cousins. Prends d'abord un instant pour faire le point sur les indices que tu as collectés.

Reporte dans ce tableau tous les chiffres mystère.

Chiffre mystère de l'énigme...				
1	2	3	4	5
....	....	....	....	....

Entoure, pour chaque énigme, la lettre correspondant au chiffre mystère.

Chiffre mystère	1	2	3	4	5	6	7	8	9
Énigme 1	V	C	B	E	O	G	J	L	X
Énigme 2	D	V	C	M	A	F	T	Q	U
Énigme 3	A	E	W	T	G	T	H	K	P
Énigme 4	M	L	S	I	E	F	J	O	I
Énigme 5	Q	O	L	Z	V	T	K	Y	R

Écris dans l'ordre les lettres que tu as entourées et découvre le premier mot secret.

Mot secret de l'Escape Game 1

______

Vous jetez un dernier regard sur le chat noir qui vous a guidés jusqu'ici, puis Jules ouvre la porte. Tu espères tellement revenir au musée ! Mais, surprise : de l'autre côté, le paysage est bien différent...

ESCAPE GAME 2

La cité mystérieuse

ÉNIGME 6

Vous pensiez revenir au musée : quelle déception ! Devant vous se dresse toujours une pyramide, mais elle ne ressemble pas à celle que vous venez de quitter...

Termine le dessin pour découvrir la pyramide entière.

Indice

Complète le dessin de façon symétrique.

Une chose est sûre : vous n'êtes plus en Égypte ! Jules interroge une touriste présente sur les lieux pour savoir où vous vous trouvez.

Décrypte la réponse de cette touriste pour découvrir dans quel pays vous êtes.

Indice

Observe bien les majuscules !

Message décodé :

Vous vous trouvez au

_ _ _ _ _ _ _ .

Le tiers du nombre de lettres du mot le plus long prononcé par la touriste est le chiffre mystère n° 6.

Mon chiffre mystère n° 6

....

ÉNIGME 7

Incroyable : vous avez encore changé de continent ! Tu exposes ta théorie à tes cousins : les petites portes que vous avez ouvertes vous ont téléportés ! Soudain, Jules pousse un cri de surprise.

Découvre pourquoi Jules a crié.

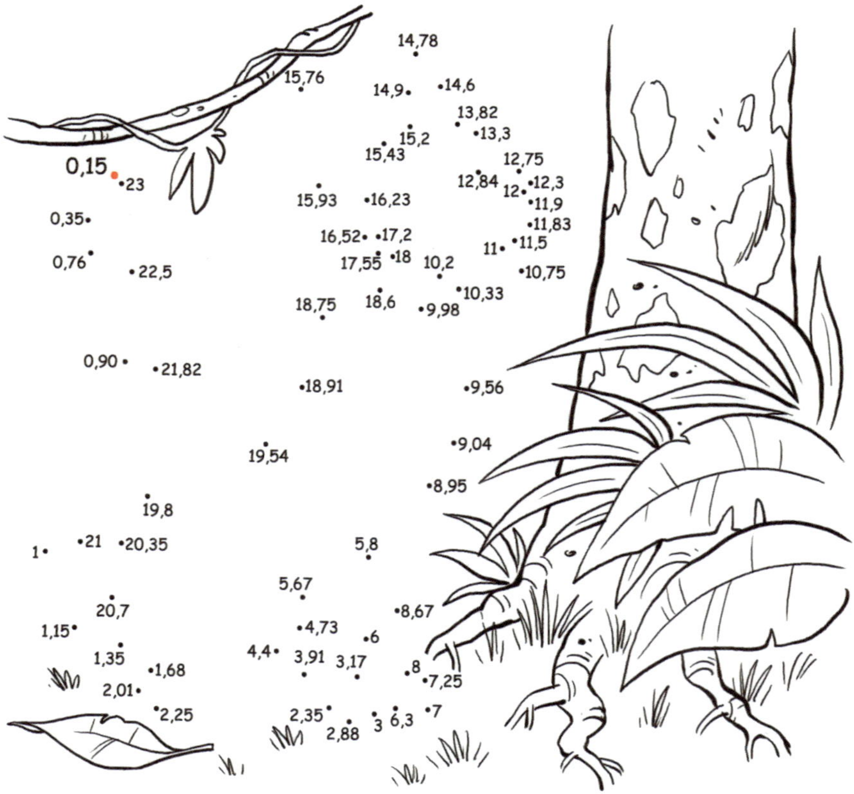

Indice

Relie les points dans l'ordre croissant.

Réponse :

Jules a reconnu ________________ .

Encore lui ! L'animal a l'air de bien connaître les lieux : il se dirige vers l'étrange pyramide et emprunte le grand escalier qui mène au sommet. Vous décidez de le suivre, mais un gardien vous arrête.

Déchiffre les paroles du gardien.

Paroles du gardien :

_ _   _ _ _   _ _ _ _ _ _ _ _

_ _   _ _ _ _ _ _

_ '_ _ _ _ _ _ _ _ _ !

Indice

22 = I

La somme des deux chiffres correspondant à la lettre B est le chiffre mystère n° 7.

Mon chiffre mystère n° 7

....

ÉNIGME 8

Bloqués au pied de la pyramide, vous vous demandez comment rejoindre le chat. Soudain, Jade remarque un garçon qui fait de grands signes : on dirait qu'il cherche à vous faire passer un message...

Déchiffre le message du garçon.

Message du garçon :

Vous suivez Diego, le jeune garçon, qui propose de vous guider pour l'ascension si vous lui donnez le bon mot de passe.
Il vous pose alors une série de questions.

Réponds aux questions de Diego pour trouver le mot de passe.

1. Combien de côtés égaux possède un triangle équilatéral ?
L. 2
M. 3
N. 4

2. Combien de sommets possède un pavé ?
A. 8
B. 9
C. 10

3. Combien de faces possède un cube ?
X. 4
Y. 6
Z. 8

4. Combien y a-t-il de triangles dans le patron d'une pyramide ?
A. 4
B. 5
C. 6

Mot de passe :

_ _ _ _

Indice

Chaque bonne réponse correspond à une lettre.

La somme des réponses correctes aux questions impaires est le chiffre mystère n° 8.

Mon chiffre mystère n° 8

....

ÉNIGME 9

Guidés par Diego, vous entamez l'ascension de l'escalier qui mène au sommet. Jules, qui a un peu le vertige, demande au jeune garçon combien de marches compte chaque escalier de la pyramide.

Colorie les cases contenant des fractions supérieures à 1 pour découvrir la réponse de Diego.

$\frac{7}{2}$	$\frac{9}{6}$	$\frac{4}{3}$	$\frac{1}{2}$	$\frac{7}{4}$
$\frac{15}{10}$	$\frac{6}{9}$	$\frac{8}{3}$	$\frac{2}{5}$	$\frac{6}{4}$
$\frac{16}{5}$	$\frac{7}{4}$	$\frac{12}{3}$	$\frac{4}{8}$	$\frac{3}{2}$
$\frac{3}{4}$	$\frac{8}{10}$	$\frac{5}{4}$	$\frac{2}{3}$	$\frac{17}{8}$
$\frac{16}{9}$	$\frac{9}{5}$	$\frac{8}{7}$	$\frac{3}{7}$	$\frac{11}{10}$

Indice

Le nombre du haut doit être supérieur au nombre du bas !

Réponse :

Il y a __ __ marches.

Au sommet, vous retrouvez enfin le chat noir qui miaule devant un temple. Mais l'entrée est fermée par une porte barrée par un cadenas.

Trouve le code d'ouverture de la porte.

Indice

Les couleurs des symboles sont les mêmes que sur le cadenas.

Code de la porte :

_ _ _ _

Le résultat de la dernière opération codée est le chiffre mystère n° 9.

Mon chiffre mystère n° 9

....

★ÉNIGME 10★

Jules tape le code et la porte s'ouvre ! À l'intérieur, vous progressez lentement, guidés par le chat. Arrivés dans une superbe salle, Jade remarque un étrange trône en pierre portant des inscriptions...

Déchiffre les inscriptions sur le trône.

Indice

L'alphabet est décalé !

A	B	C	D	E	F	G	H	I	J	K	L	M	N	O	P	Q	R	S	T	U	V	W	X	Y	Z
m							t							a							h	i			

Réponse :

_ _ _ _ _ _ _   _ _ _   _'_ _ _ _ _

_ _   _ _ _ _ _ _ _ .

Tu t'empresses d'appuyer. Incroyable ! Le dossier du trône pivote et découvre l'entrée d'un tunnel. Vous remerciez Diego de son aide et vous vous engouffrez dans le tunnel. Au bout : une grille verrouillée par un nouveau cadenas...

Trouve le code du cadenas.

Indice

La somme de chaque ligne et de chaque colonne est égale à 50.

Code du cadenas :

_ _ _ _

Le chiffre des dizaines du code est le chiffre mystère n° 10.

Mon chiffre mystère n° 10

....

★ DÉCOUVRE LE MOT SECRET ★

Jade ouvre le cadenas et pousse la grille. Derrière, il y a une autre porte... Avant de la franchir, prends un moment pour noter les indices que tu as trouvés.

Reporte dans ce tableau tous les chiffres mystère.

Chiffre mystère de l'énigme...				
6	7	8	9	10
....	....	....	....	....

Entoure, pour chaque énigme, la lettre correspondant au chiffre mystère.

Chiffre mystère	1	2	3	4	5	6	7	8	9
Énigme 6	X	D	C	L	P	H	Q	M	Y
Énigme 7	E	W	G	N	E	G	U	R	V
Énigme 8	Y	C	O	P	J	N	I	L	P
Énigme 9	C	X	A	S	I	Z	B	O	U
Énigme 10	K	I	M	T	D	P	C	T	S

Écris dans l'ordre les lettres que tu as entourées et découvre le deuxième mot secret.

Mot secret de l'Escape Game 2

Vous devinez que vous allez être transportés ailleurs, mais où ? Jules prend dans ses bras le chat noir car il semble connaître les secrets de la téléportation. Puis tu ouvres la porte et vous avancez, prêts à découvrir un nouveau paysage...

ESCAPE GAME 3

Le palais impérial

★ÉNIGME 11★

Vous ne pouvez retenir un cri de surprise tant le lieu dans lequel vous pénétrez est différent du précédent ! Autour de vous s'étend une vaste cour entourée de murs épais et traversée par une rivière. De nombreux touristes visitent le site.

Déchiffre le titre de ce dépliant touristique pour découvrir où vous êtes arrivés.

C	D	E	I	K	N	P	R	T

Nom du lieu :

_ _ _ _   _ _ _ _ _ _ _ _ _ _

_ _   _ _ _ _ _ _ .

L'Égypte, puis le Mexique et à présent la Chine : quel incroyable voyage ! Mais comment rentrer ? Jules pose le chat noir. Celui-ci se met une nouvelle fois à avancer comme s'il connaissait les lieux...

Suis les bons chemins pour rejoindre le chat.

Indice

La petite aiguille fait deux fois le tour du cadran en un jour.

Le chiffre des dizaines du nombre d'heures qu'il y a dans un jour est le chiffre mystère n° 11.

Mon chiffre mystère n° 11

....

★ÉNIGME 12★

Vous avancez difficilement, gênés par la foule, mais réussissez à atteindre le bâtiment dans lequel le chat vient d'entrer. Il vous mène devant une porte fermée. Jade repère alors une étrange affiche.

Trouve le code pour ouvrir la porte.

Indice

Les couleurs sur la porte sont identiques à celles des figures.

Code de la porte :

_ _ _ _

Vous pénétrez enfin dans la pièce. Jade aperçoit une nouvelle porte. Jules se précipite : elle est fermée... Le chat noir se met à miauler au pied d'un tableau.

Observe bien le tableau et essaie de retenir la forme et le nombre des sceaux impériaux qui y figurent. Tu en auras besoin un peu plus loin.

Le nombre d'angles de la figure géométrique la plus fréquente sur le tableau est le chiffre mystère n° 12.

Mon chiffre mystère n° 12

....

★ÉNIGME 13★

Intriguée par le chat qui continue de miauler, Jade s'approche et décroche le tableau : un coffre est caché derrière ! Sur le couvercle, un étrange calcul…

Trouve le code pour ouvrir le coffre en lisant de gauche à droite les chiffres manquants.

Indice

$3 \times 7 = 21$

Code :

_ _ _ _

Jade tourne les molettes du coffre : il s'ouvre ! À l'intérieur, il y a une clé. Jules la prend et fonce ouvrir la porte : ce n'est pas la bonne... Elle pourrait ouvrir l'armoire à ta droite : ça marche !

Découvre ce qui se cache dans l'armoire.

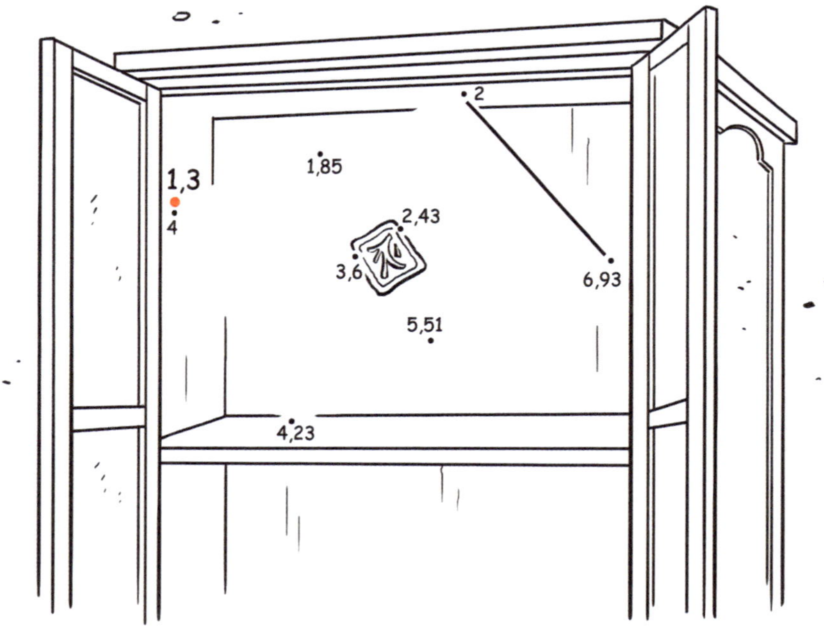

Indice

Pour relier les points dans l'ordre, fais bien attention aux premiers chiffres après la virgule !

Objet trouvé :

une _ _ _ _ _ _ _ _ _ _

Le plus grand chiffre de dixième des points à relier est le chiffre mystère n° 13.

Mon chiffre mystère n° 13

....

ÉNIGME 14

Tu ouvres l'enveloppe sous le regard attentif de tes cousins.
À l'intérieur, se trouve une feuille de papier sur laquelle sont tracées deux mystérieuses grilles...

Découvre le message caché.

Indice

La 2e grille indique le chemin à suivre !

I	L	Y	D	D	A	N
N	U	A	N	A	L	S
D	B	L	O	R	E	R
O	U	E	F	M	O	I

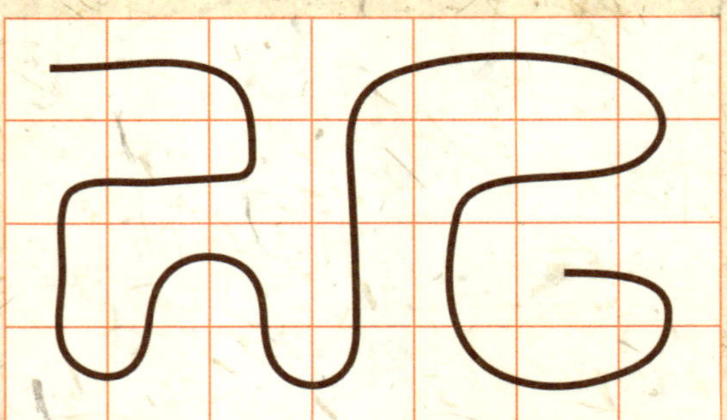

Message caché :

_ _   _   _   _ _   _ _ _ _ _ _ _ _-_ _ _ _ _

_ _ _ _   _'_ _ _ _ _ _ _ _ _.

Jules trouve la cachette indiquée par le message. À l'intérieur, il y a un bout de papier et une boîte. Pendant que Jade examine le papier, tu ouvres la boîte : elle contient dix clés.

Classe les clés pour y voir plus clair.

Indice

Ordre croissant = du plus petit au plus grand.

Réponse :

________ < ________ < ________ < ________ < ________

< ________ < ________ < ________ < ________ < ________

Le chiffre des dizaines sur la clé portant le nombre le plus grand est le chiffre mystère n° 14.

Mon chiffre mystère n° 14

....

★ÉNIGME 15★

Pendant que vous rangiez les clés, Jade a comparé le papier avec le tableau qui était devant le coffre. Ce sont bien les mêmes symboles...

Décode le message sur le papier pour trouver la bonne clé.

Indice

Te rappelles-tu du tableau de la page 33 ?

Réponse :

C'est la clé n° __ __ __ __ .

Tu t'empresses de regarder les numéros des clés : elle n'y est pas ! Avec Jules, vous cherchez partout dans la pièce. Jade remarque alors une drôle de charade écrite sous le couvercle de la boîte des clés.

Résous la charade.

Mon premier désigne l'action de déchiffrer un texte.
Mon second est le masculin de l'article « la ».
Mon troisième n'est pas habillé.
Mon quatrième est le 5e mois de l'année.
Mon cinquième est fait par les bébés après avoir bu leur biberon.
Mon dernier est le contraire de l'expression « à l'endroit ».
Mon tout te permettra de résoudre le mystère !

Indice

Après avoir bu son biberon, le bébé fait son rot !

Réponse :

____

______________________________ !

➜ C'est la clé n° _ _ _ _ .

Le chiffre des centaines du numéro de la clé lu à l'envers est le chiffre mystère n° 15.

Mon chiffre mystère n° 15

....

★ DÉCOUVRE LE MOT SECRET ★

Tu trouves la clé qui porte le bon numéro. Jade l'insère dans la serrure : la porte s'ouvre enfin ! Avant d'aller plus loin, déchiffre le mot secret grâce aux chiffres mystère que tu as découverts.

Reporte dans ce tableau tous les chiffres mystère.

Chiffre mystère de l'énigme...				
11	12	13	14	15
....	....	....	....	....

Entoure, pour chaque énigme, la lettre correspondant au chiffre mystère.

Chiffre mystère	1	2	3	4	5	6	7	8	9
Énigme 11	X	R	C	L	P	H	Q	M	Y
Énigme 12	E	W	G	O	E	G	U	R	V
Énigme 13	Y	C	O	P	J	N	I	L	N
Énigme 14	C	X	A	S	I	D	B	O	U
Énigme 15	K	I	E	T	D	P	C	T	S

Écris dans l'ordre les lettres que tu as entourées et découvre le troisième mot secret.

Mot secret de l'Escape Game 3

____

Le chat se faufile alors par la porte. Vous n'avez pas d'autre choix que de le suivre. Lui seul semble savoir vous guider. D'un commun accord, vous franchissez la porte à votre tour...

ESCAPE GAME 4

La terre sacrée

★ÉNIGME 16★

Incroyable : vous voici revenus en plein désert ! La température est accablante mais le chat noir se dirige tranquillement vers un drôle de rocher au loin. En route, vous êtes attirés par une fresque sur une paroi.

Découvre la fresque.

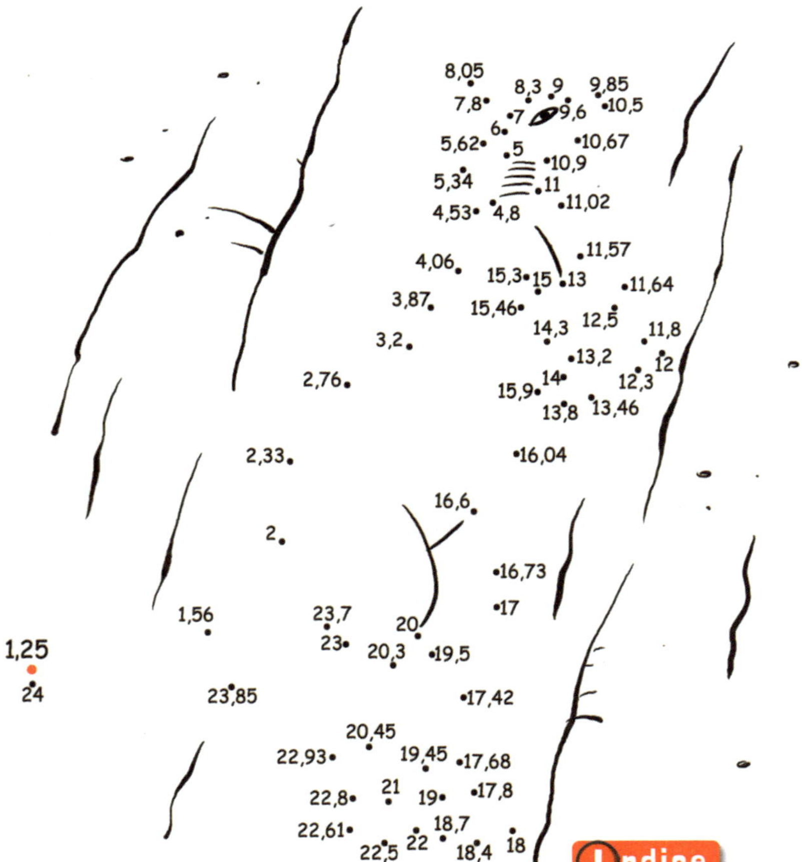

Indice

Relie les points dans l'ordre croissant.

Soudain, votre attention est attirée par une grille posée au sol. En vous approchant, vous découvrez un kangourou piégé dans le trou creusé dessous ! Comment le délivrer ?

Trouve le code pour ouvrir la grille.

Indice

Compte les petits carrés sur la grille !

Code :

— —

Le chiffre des dizaines du code est le chiffre mystère n° 16.

Mon chiffre mystère n° 16

....

★ ÉNIGME 17 ★

Une fois la grille ouverte, l'animal bondit hors du piège et s'éloigne sain et sauf. Le chat noir reprend sa route vers l'étrange rocher quand des cris surgissent d'un véhicule arrivant à vive allure...

Découvre ce que crie l'homme.

Indice

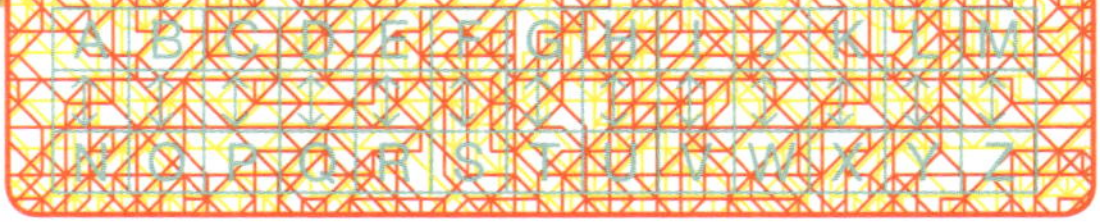

Cris de l'homme :

_ _ _ _   _ _ _ _ _ _   _ _ _ _

_ _   _ _ _ _ _ _   _ _ _ _ !

Furieux d'avoir perdu leur proie, les braconniers vous attrapent, vous jettent dans la cage à l'arrière de leur véhicule, puis démarrent. Jade ramasse un morceau de papier sur le sol de la cage.

Trouve le prix de chacun des animaux.

Indice

Dingo = 100.

Prix des animaux :

dingo = ____ $; kangourou = ______ $;

koala = ____ $; wombat = ____ $.

Le chiffre des centaines du prix d'un koala est le chiffre mystère n° 17.

Mon chiffre mystère n° 17

....

ÉNIGME 18

Le véhicule s'arrête devant un grand hangar. Les hommes déplacent la cage où vous êtes prisonniers et vous enferment dans le bâtiment. Jules vous regarde en souriant : il a attrapé les clés d'un des braconniers !

Découvre quelle clé ouvre la cage.

Indice

Remets les mots à l'endroit !

Réponse :

C'est la clé n° __ .

Une fois la cage ouverte, vous filez vers la porte du hangar mais elle est sous alarme. Tu remarques alors qu'un braconnier a oublié son téléphone. Jade tente de l'allumer : il est verrouillé… Le post-it dans l'étui pourrait-il vous aider ?

Trouve le code pin qui allume le portable.

Indice

U = unités !

Code pin :

_ _ _ _

Le chiffre des milliers du code est le chiffre mystère n° 18.

Mon chiffre mystère n° 18

....

★ÉNIGME 19★

Une fois le téléphone allumé, Jade fouille dans les messages à la recherche de pistes. Elle découvre alors un SMS qui l'intrigue... Quand elle te le montre, tu souris : tu penses avoir compris !

Déchiffre le message.

Indice

Hélène signifie : L = N (c'est un alphabet décalé) !

Message décodé :

_ _ _   _ _   _'_ _ _ _ _ _ _

_ _   _ _ _ _ _ _ _ _   _ _ _ _

_ _   _ _ _ _ _ _ _ _ _ _ _ !

Vous regardez alors autour de vous. Jules repère rapidement le meuble, mais il est fermé par un cadenas… Tu lis l'affiche sur la porte.

Trouve le code pour ouvrir l'armoire.

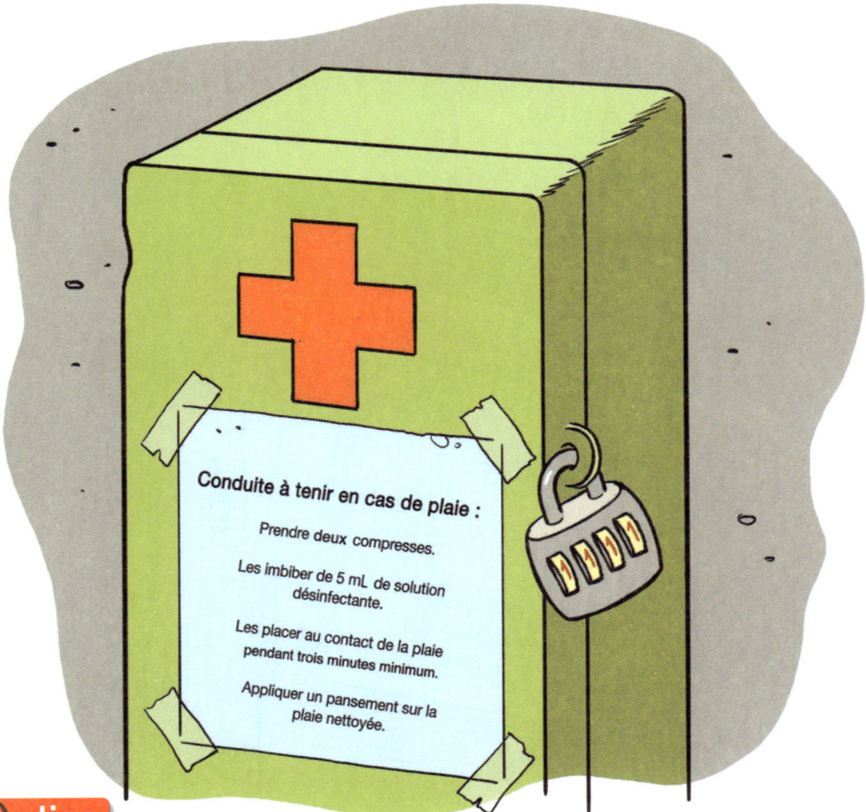

Indice

Des chiffres se cachent dans l'affiche !

Code du cadenas :

_ _ _ _

Le chiffre des dizaines du code est le chiffre mystère n° 19.

Mon chiffre mystère n° 19

....

★ÉNIGME 20★

Tu rentres aussitôt le code : le cadenas s'ouvre ! Vous trouvez des clés à l'intérieur. Mais laquelle est celle de l'alarme ? Dans le téléphone, Jade consulte la suite des messages.

Trouve la clé de l'alarme.

Indice

Chaque clé a une forme bien particulière.

Réponse :

C'est la clé de couleur ________________ .

Vous vous précipitez vers la porte avec la clé. Zut ! Le boîtier de l'alarme est situé tout en haut. Jules propose d'utiliser les caisses de bois entreposées dans le hangar. Jade est la plus grande : avec son 1,50 m, c'est elle qui grimpera prudemment...

Trouve les caisses à empiler pour permettre à Jade de désactiver l'alarme.

Indice

Les hauteurs sont inscrites sur les caisses !

Réponse :

Caisses n^{os} __, __ et __ .

Le chiffre des unités du numéro inscrit sur la plus petite des caisses à utiliser est le chiffre mystère n° 20.

Mon chiffre mystère n° 20

....

★ DÉCOUVRE LE MOT SECRET ★

Après avoir désactivé l'alarme, vous filez en direction du rocher que vous apercevez au loin, dans l'espoir d'y retrouver le chat noir...

En chemin, reporte dans ce tableau tous les chiffres mystère.

Chiffre mystère de l'énigme...				
16	*17*	*18*	*19*	*20*
....	....	....	....	....

Entoure, pour chaque énigme, la lettre correspondant au chiffre mystère.

Chiffre mystère	1	2	3	4	5	6	7	8	9
Énigme 16	L	D	C	L	P	H	Q	M	Y
Énigme 17	E	W	G	A	E	G	U	R	V
Énigme 18	Y	P	O	P	J	N	I	L	P
Énigme 19	C	X	Y	S	I	Z	B	O	U
Énigme 20	K	I	M	T	D	R	C	T	S

Écris dans l'ordre les lettres que tu as entourées et découvre le quatrième mot secret.

Mot secret de l'Escape Game 4

Dès que le chat vous aperçoit, il disparaît dans une faille, à la base du rocher. Vous vous engouffrez à sa suite à quatre pattes.
Après quelques mètres, tout se met à trembler autour de vous : une sensation qui commence à vous être familière...

ESCAPE GAME 5

La ville Lumière

★ÉNIGME 21★

Jade crie de joie en découvrant la tour Eiffel. Vous êtes de retour à Paris ! Sous vos pieds, d'étranges motifs ornent le sol. Le chat noir miaule devant une trappe où sont inscrits de drôles de symboles…

Trouve le code qui ouvre la trappe.

Indice

Trace les axes de symétrie verticaux et cache les parties droites des symboles.

Code de la trappe :

_ _ _ _

Une fois le code rentré, la trappe s'ouvre sur un escalier qui mène à l'intérieur du bâtiment. Il s'agit d'un musée. Tu aperçois des lettres sur une grande vitre.

Déchiffre le nom du musée.

Nom du musée :

_ _ _ _ _ _ _ _ _ _ _ _ _ _ _ _ _ _

Indice

Tu peux utiliser un miroir !

Le chiffre des milliers du code de la trappe est le chiffre mystère n° 21.

Mon chiffre mystère n° 21

....

★ÉNIGME 22★

Vous poursuivez votre visite du musée. Les objets exposés vous rappellent étrangement les lieux où vous avez été « transportés ». Tu t'arrêtes pour lire un panneau.

Trouve le mot caché dans le panneau.

Mot caché :

_ _ _ _ _ _ _ _ _ _ _

Vous vous rendez au lieu indiqué. Sur place, le chat noir se met à gratter au pied d'une étagère. Tu cherches ce qui attire son attention et remarques alors une boulette de papier. Tu la déplies.

Décode le message sur la feuille de papier.

Message décodé :

Indice

1 JAUNE = V !

Le chiffre des dizaines du dernier nombre est le chiffre mystère n° 22.

Mon chiffre mystère n° 22

★ÉNIGME 23★

Vous vous mettez à fouiller les rayons de l'étagère pour trouver le livre. Au bout d'un moment, Jade pousse un cri : elle le voit ! Quand vous l'ouvrez, une feuille tombe...

Trouve le mot caché dans la grille.

Indice

Barre les mots et écris les lettres restantes dans l'ordre.

Mot caché : _

Pas de doute : il s'agit bien d'un document en lien avec les étranges voyages à travers les continents que vous venez de faire ! Au dos, tu remarques une série de calculs et un code.

Décode le message.

Indice

Transforme le résultat des opérations en mots !

Message décodé :

_ _ _ _ _ _ _ _ _ _

_ _ _ _ _ _ _ _ _ .

Le chiffre des dizaines du résultat de la soustraction est le chiffre mystère n° 23.

Mon chiffre mystère n° 23

....

★ÉNIGME 24★

Vous vous mettez à regarder derrière tous les panneaux d'information. C'est Jules qui trouve celui que vous cherchez : sur le mur, vous découvrez une inscription et, au dos du panneau, un document avec un étrange tracé.

Déchiffre l'inscription sur le mur.

Indice

Lis chaque mot à l'envers !

Inscription déchiffrée :

_ _ _ _ _ _ _ _ _ _ _ _ _ _ _ = _ _ _ _ _ _

Jade allume aussitôt l'ordinateur situé à côté de vous et y entre le mot de passe que vous venez de découvrir. Une grille remplie de lettres s'affiche alors sur l'écran.

Trouve la phrase cachée dans la grille.

Phrase cachée :

_ _ _ _ _ _ _ _ _

_ _ _ _ _ _

_ _ _ _ _ _ - _ _ _ .

Indice

Il y a le même nombre de cases sur l'écran et sur le tracé derrière le panneau de la page 60…

Le nombre dans la phrase cachée est le chiffre mystère n° 24.

Mon chiffre mystère n° 24

....

★ÉNIGME 25★

Vous foncez vers l'escalier menant au sous-sol, le chat noir à vos côtés. Au bas des marches, il y a trois portes devant vous : laquelle ouvrir ?

Déchiffre les inscriptions sur les portes pour trouver laquelle ouvrir.

Indice

L'affiche jaune t'indique que l'alphabet a été inversé !

Réponse :

C'est la porte n° __ .

Maintenant que vous avez identifié la bonne réserve, encore faut-il avoir le code pour ouvrir la porte ! La plaque au-dessus de la poignée pourrait bien être utile.

Trouve le code qui ouvre la porte.

Indice

Commence par barrer les chiffres donnés sur la 1re ligne.

Code de la porte :

_ _ _

Le chiffre des centaines du code d'ouverture est le chiffre mystère n° 25.

Mon chiffre mystère n° 25

....

★ DÉCOUVRE LE MOT SECRET ★

La porte s'ouvre sur une pièce remplie d'objets. Le chat se dirige vers une porte au fond de la réserve. Avant de l'ouvrir, trouve le mot secret grâce aux cinq chiffres mystère que tu as découverts.

Reporte dans ce tableau tous les chiffres mystère.

Chiffre mystère de l'énigme...				
21	22	23	24	25
....	....	....	....	....

Entoure, pour chaque énigme, la lettre correspondant au chiffre mystère.

Chiffre mystère	1	2	3	4	5	6	7	8	9
Énigme 21	X	D	C	L	P	A	Q	M	Y
Énigme 22	E	W	M	N	E	G	U	R	V
Énigme 23	Y	I	O	P	J	N	I	L	P
Énigme 24	C	X	A	D	I	Z	B	O	U
Énigme 25	K	I	M	T	D	P	E	T	S

Écris dans l'ordre les lettres que tu as entourées et découvre le cinquième mot secret.

Mot secret de l'Escape Game 5

____

Jade ouvre la porte et vous entrez tous les trois dans une minuscule pièce sombre. La porte se referme brusquement et la lumière s'allume...

ESCAPE GAME FINAL

Vous vous trouvez tous les trois dans une étrange pièce. Mais où est passé le chat noir ? Il semble s'être volatilisé... Face à vous se dressent trois portes : des symboles étranges sont dessinés sur chacune d'elles.

Sur l'un des murs de la pièce, tu lis une inscription. Soudain, tout s'éclaire : tu te dépêches d'aller regarder les mots secrets découverts au fil de vos aventures...

Escape Game 1

_ _ _ _ _

Escape Game 2

_ _ _ _ _

Escape Game 3

_ _ _ _ _

Escape Game 4

_ _ _ _ _

Escape Game 5

_ _ _ _ _

Mis bout à bout, ces mots forment une question !

La question secrète est :

_ _

Tu sais quelle porte ouvrir ! Porte n° _

Vous ouvrez la porte et avancez. Le décor change et, en quelques secondes, vous voici revenus au musée du Louvre ! Dans une vitrine, en face de vous, il te semble que la statuette d'un chat noir te fait un clin d'œil...

SOLUTIONS

ÉNIGME 1

Page 7

- **Six nombres du collier :** 11 – 8 – 5 – 15 – 16 – 19.
- **Chiffre mystère n° 1 : 5** (4e nombre du collier = 1**5**).

ÉNIGME 2

Page 8

Nombres du collier	11	8	5	15	16	19
Décodage	K	H	E	O	P	S

- **Mot codé du collier :** Khéops.

Page 9

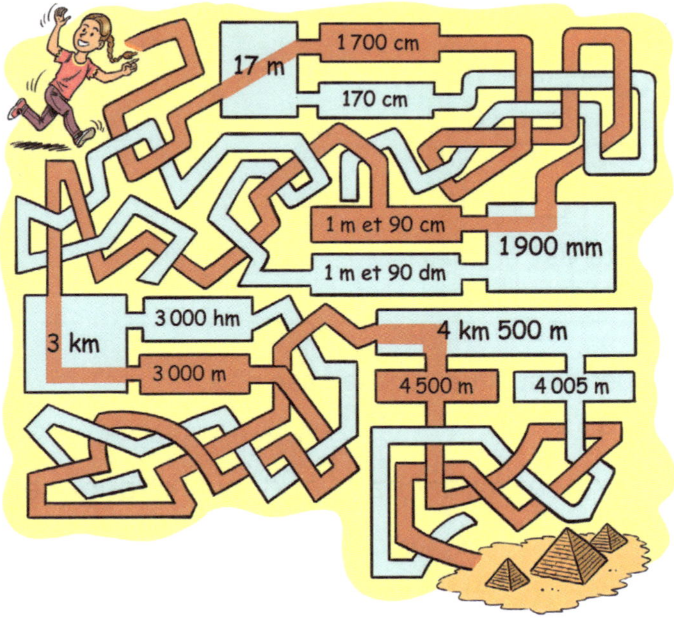

- **Chiffre mystère n° 2 : 9** (1 **9**00 mm).

ÉNIGME 3

Page 10

Page 11

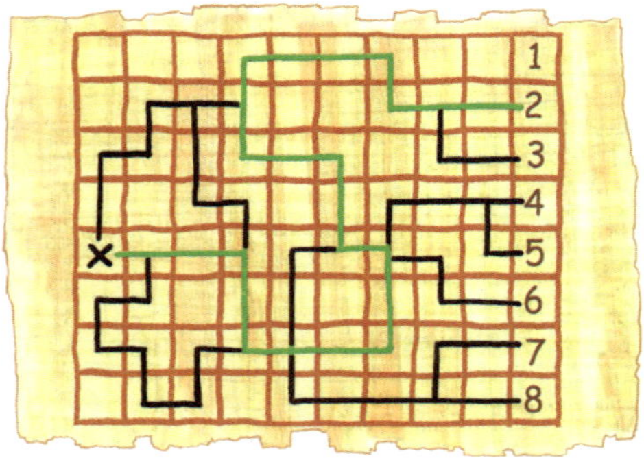

▶ **Réponse :** Le tombeau est situé dans la case n° **2**.

▶ **Chiffre mystère n° 3 : 2**.

ÉNIGME 4

Page 12

▶ **Message déchiffré : Tu es arrivé dans un lieu sacré !**
(TU / haie / A / riz / V / dent / 1 / lit / œufs / SA / craie)

Page 13

①			A	**P**	O	P	I	S
②			T	**H**	O	T		
③			R	**A**				
④	O	S	I	**R**	I	S		
⑤			H	**A**	T	H	O	R
⑥		A	M	**O**	N			
⑦			A	**N**	U	B	I	S

▶ **Réponse :** Il s'agit du tombeau du **pharaon**.

▶ **Chiffre mystère n° 4 : 3** (9 : 3 = **3**).

ÉNIGME 5

Page 14

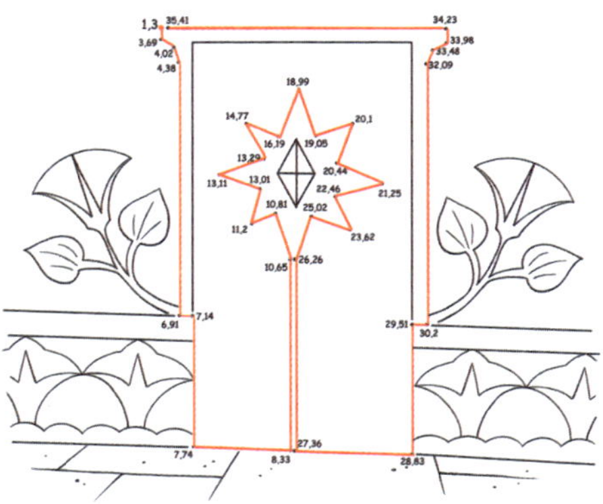

▶ **Réponse :** Il s'agit d'une **porte**.

Page 15

▶ **Code du cadenas : 660**.

▶ **Chiffre mystère n° 5 : 6** (660).

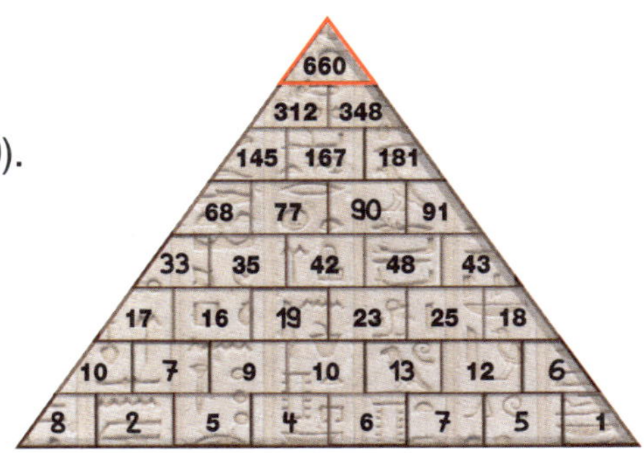

Découvre le mot secret – Page 16

Chiffre mystère de l'énigme...

1	2	3	4	5
5	9	2	3	6

Énigme 1	V	C	B	E	(O)	G	J	L	X
Énigme 2	D	V	C	M	A	F	T	Q	(U)
Énigme 3	A	(E)	W	T	G	T	H	K	P
Énigme 4	M	L	(S)	I	E	F	J	O	I
Énigme 5	Q	O	L	Z	V	(T)	K	Y	R

▶ **Mot secret de l'Escape Game 1 :** OUEST.

ÉNIGME 6

Page 18

Page 19

- **Message décodé :** Vous vous trouvez au **Mexique**.
- **Chiffre mystère n° 6 : 4** (il y a 12 lettres dans le mot « reconnaissez » → 12 : 3 = **4**).

ÉNIGME 7

Page 20

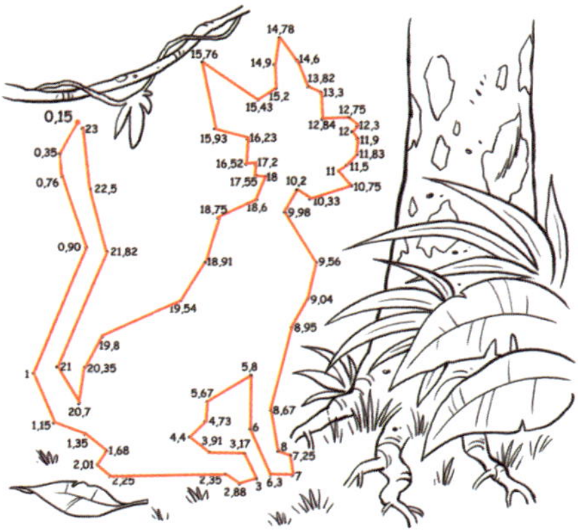

- **Réponse :** Jules a reconnu **le chat**.

Page 21

- **Paroles du gardien : Il est interdit de monter l'escalier !**
- **Chiffre mystère n° 7 : 5** (3 + 2 = **5**).

ÉNIGME 8

Page 22

- **Message du garçon : Il n'y a pas de garde au pied de la face sud.**

(île / nid / A /pas / 2 / gare / 2 / eau / pied / 2 / la / face / sud)

Page 23

1. Un triangle équilatéral a **3** côtés égaux. → **M**
2. Un pavé possède **8** sommets. → **A**
3. Un cube possède **6** faces. → **Y**
4. Il y a **4** triangles dans le patron d'une pyramide. → **A**

- **Mot de passe : MAYA.**
- **Chiffre mystère n° 8 : 9** (3 + 6 = **9**).

ÉNIGME 9

Page 24

$\frac{7}{2}$	$\frac{9}{6}$	$\frac{4}{3}$	$\frac{1}{2}$	$\frac{7}{4}$
$\frac{15}{10}$	$\frac{6}{9}$	$\frac{8}{3}$	$\frac{2}{5}$	$\frac{6}{4}$
$\frac{16}{5}$	$\frac{7}{4}$	$\frac{12}{3}$	$\frac{4}{8}$	$\frac{3}{2}$
$\frac{3}{4}$	$\frac{8}{10}$	$\frac{5}{4}$	$\frac{2}{3}$	$\frac{17}{8}$
$\frac{16}{9}$	$\frac{9}{5}$	$\frac{8}{7}$	$\frac{3}{7}$	$\frac{11}{10}$

▶ **Réponse :** Il y a **91** marches.

Page 25

 = **4**

4 + 4 = 8

 = **2**

2 × 2 = 4

 = **1**

4 : 4 = 1

 = **3**

4 – 1 = 3

▶ **Code de la porte : 1 4 3 2.**

▶ **Chiffre mystère n° 9 : 3** (4 – 1 = **3**).

ÉNIGME 10

Page 26

A	B	C	D	E	F	G	H	I	J	K	L	M	N	O	P	Q	R	S	T	U	V	W	X	Y	Z
m	**n**	**o**	**p**	**q**	**r**	**s**	t	**u**	**v**	**w**	**x**	**y**	**z**	a	**b**	**c**	**d**	**e**	**f**	**g**	h	i	**j**	**k**	**l**

▶ **Réponse : Appuie sur l'œil du serpent.**

Page 27

20	**6**	**7**	17
9	15	14	12
13	**11**	10	16
8	18	**19**	**5**

▶ **Code du cadenas : 9 5 8 7.**

▶ **Chiffre mystère n° 10 : 8** (9 5**8**7).

Découvre le mot secret – Page 28

Chiffre mystère de l'énigme...				
6	7	8	9	10
4	5	9	3	8

Énigme 6	X	D	C	(L)	P	H	Q	M	Y
Énigme 7	E	W	G	N	(E)	G	U	R	V
Énigme 8	Y	C	O	P	J	N	I	L	(P)
Énigme 9	C	X	(A)	S	I	Z	B	O	U
Énigme 10	K	I	M	T	D	P	C	(T)	S

▶ **Mot secret de l'Escape Game 2 :** LEPAT.

ÉNIGME 11

Page 30

▶ **Nom du lieu : Cité interdite de Pékin.**

Page 31

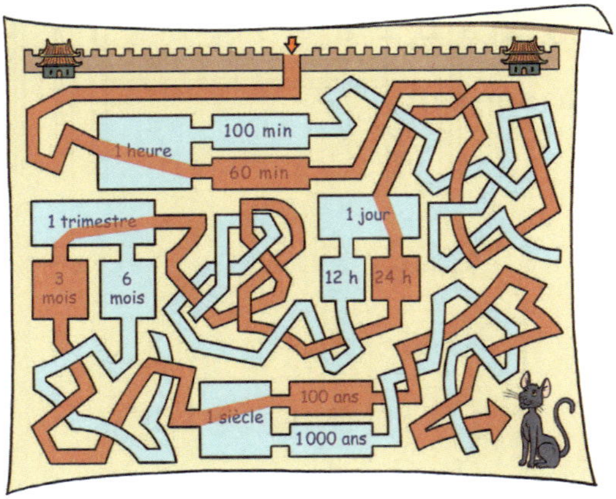

▶ **Chiffre mystère n° 11 : 2** (il y a **2**4 heures dans un jour).

ÉNIGME 12

Page 32

Il y a **3** côtés dans le triangle rouge, **4** côtés dans le losange violet, **4** côtés dans le rectangle vert et **4** côtés dans le rectangle bleu.

▶ **Code de la porte : 4 3 4 4.**

Page 33

▶ **Chiffre mystère n° 12 : 4** (il y a **4** côtés dans un carré).

ÉNIGME 13

Page 34

	1	1	2	
	1	6	4	7
×				3
	4	9	4	1

▶ **Code : 4 6 4 7** (chiffres lus de gauche à droite sur le coffre).

Page 35

▶ **Objet trouvé :** une **enveloppe**.

▶ **Chiffre mystère n° 13 : 9** (6,93).

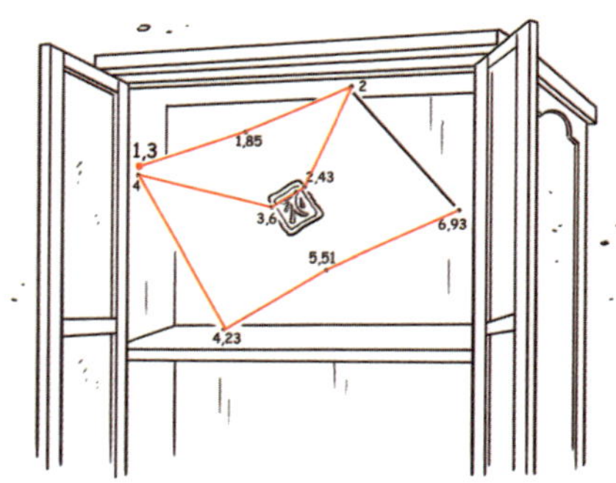

ÉNIGME 14

Page 36

I	L	Y	D	D	A	N
N	U	A	N	A	L	S
D	B	L	O	R	E	R
O	U	E	F	M	O	I

▶ **Message caché : Il y a un double-fond dans l'armoire.**

Page 37

▶ **Réponse :** 1 236 < 1 278 < 3 456 < 3 765 < 4 306 < 4 578 < 5 643 < 6 739 < 7 828 < 7 864.

▶ **Chiffre mystère n° 14 : 6** (7 8**6**4).

ÉNIGME 15

Page 38

Il y a **6** carrés sur le tableau, **0** losange, **3** cercles et **4** rectangles.

▶ **Réponse :** C'est la clé n° **6 034**.

Page 39

▶ **Réponse : Lire le numéro à l'envers.**
(lire / le / nu / mai / rot / à l'envers)
→ C'est la clé n° **4 306**.

▶ **Chiffre mystère n° 15 : 3** (4 **3**06).

Découvre le mot secret – Page 40

Chiffre mystère de l'énigme...				
11	*12*	*13*	*14*	*15*
2	4	9	6	3

Énigme 11	X	(R)	C	L	P	H	Q	M	Y
Énigme 12	E	W	G	(O)	E	G	U	R	V
Énigme 13	Y	C	O	P	J	N	I	L	(N)
Énigme 14	C	X	A	S	I	(D)	B	O	U
Énigme 15	K	I	(E)	T	D	P	C	T	S

▶ **Mot secret de l'Escape Game 3 :** RONDE.

ÉNIGME 16

Page 42

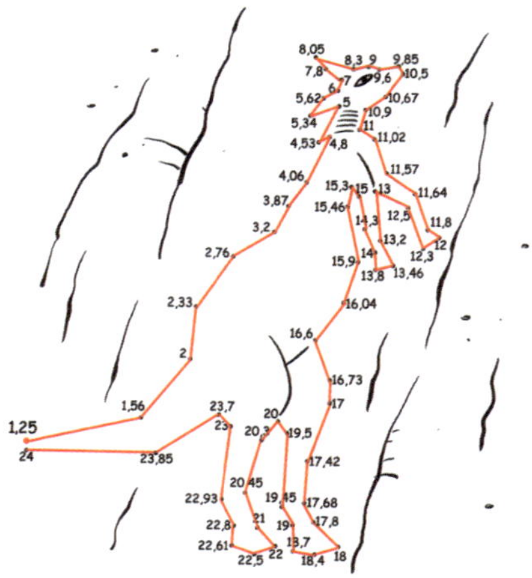

Page 43

▶ **Code : 1 6** (Il y a 16 petits carrés sur la grille.).

▶ **Chiffre mystère n° 16 : 1** (**1**6).

ÉNIGME 17

Page 44

▶ **Cris de l'homme : Vous allez nous le payer cher !**

Page 45

100 + 100 = 200
100 × 10 = 1 000

450 + 450 = 1 000 – 100
1 000 – 450 = 550

▶ **Prix des animaux :** dingo = **100** \$; kangourou = **1 000** \$; koala = **450** \$; wombat = **550** \$.

▶ **Chiffre mystère n° 17 : 4** (**4**50).

ÉNIGME 18

Page 46

Clé 1 = CLÉ VOITURE
Clé 2 = CLÉ CAGE
Clé 3 = CLÉ ARMOIRE

▶ **Réponse :** C'est la clé n° **2**.

Page 47

6C = 6 centaines ; 4D = 4 dizaines ; 3U = 3 unités ; 2M = 2 milliers.

▶ **Code pin : 2 6 4 3.**

▶ **Chiffre mystère n° 18 : 2** (**2** 643).

ÉNIGME 19

Page 48

▶ **Message décodé : Clé de l'alarme du hangar dans la pharmacie !**

Page 49

▶ **Code du cadenas : 2 5 3 1.**

▶ **Chiffre mystère n° 19 : 3** (2 5**3**1).

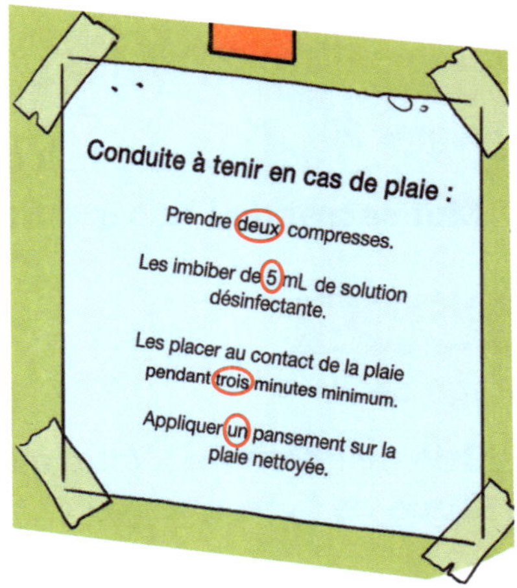

ÉNIGME 20

Page 50

Un **carré** a 4 angles droits et 4 côtés égaux.

▶ **Réponse :** C'est la clé de couleur **violette**.

Page 51

Jade mesure 1,50 m, soit 150 cm. Le boîtier de l'alarme est placé à 3 m 50, soit 350 cm. Il manque 200 cm à Jade pour l'atteindre, soit : **75** + **45** + **80**.

▶ **Réponse :** Caisses n^os^ **26**, **27** et **29**.

▶ **Chiffre mystère n° 20 : 6** (la plus petite caisse à utiliser porte le n° 2**6**).

Découvre le mot secret – Page 52

Chiffre mystère de l'énigme...				
16	17	18	19	20
1	4	2	3	6

Énigme 16	L	D	C	L	P	H	Q	M	Y
Énigme 17	E	W	G	A	E	G	U	R	V
Énigme 18	Y	P	O	P	J	N	I	L	P
Énigme 19	C	X	Y	S	I	Z	B	O	U
Énigme 20	K	I	M	T	D	R	C	T	S

▶ **Mot secret de l'Escape Game 4 :** LAPYR.

ÉNIGME 21

Page 54

1 325 × 5 = 6 625

▶ **Code de la trappe : 6 6 2 5.**

Page 55

▶ **Nom du musée : musée du quai Branly.**

▶ **Chiffre mystère n° 21 : 6** (**6** 625).

ÉNIGME 22

Page 56

▶ **Mot caché : médiathèque.**

Page 57

▶ **Message décodé : petit livre vert.**

▶ **Chiffre mystère n° 22 : 3** (1 5**3**4).

ÉNIGME 23

Page 58

▶ **Mot caché : téléportation.**

O	C	E	A	N	I	E	T
E	E	U	L	E	V	P	A
U	A	R	T	O	I	G	F
V	R	O	J	T	S	U	R
R	A	P	E	T	I	I	I
E	I	E	U	O	T	D	Q
A	S	I	E	N	E	E	U
A	M	E	R	I	Q	U	E

Page 59

3 156 + 321 = 3 477
3 281 + 2 193 = 5 474
9 967 – 145 = 9 822
162 × 3 = 486

▶ **Message décodé : derrière panneau.**

▶ **Chiffre mystère n° 23 : 2** (9 8**2**2).

ÉNIGME 24

Page 60

▶ **Inscription déchiffrée : mot de passe ordi = musée.**

Page 61

▶ **Phrase cachée : la réserve quatre au sous-sol.**

▶ **Chiffre mystère n° 24 : 4.**

ÉNIGME 25

Page 62

Porte 1 → RÉSERVE DEUX
Porte 2 → RÉSERVE QUATRE
Porte 3 → RÉSERVE SIX

▶ **Réponse :** C'est la porte n° **2**.

Page 63

1re ligne → S'il n'y a pas de chiffre correct, le code ne comporte pas les chiffres 1, 2 et 3.
2e ligne → Il faut barrer les chiffres 1 et 3. **6** est le chiffre correct mais il est **mal placé**.

3e ligne → 6 est le chiffre correct : il faut barrer les chiffres 5 et 4. **6** est toujours **mal placé** donc **c'est le troisième chiffre du code.**
4e ligne → Il faut barrer les chiffres 3 et 4. **7** est le chiffre correct et il est **bien placé**. **7 est le premier chiffre du code.**
5e ligne → Il faut barrer les chiffres 1 et 2. **8** est le chiffre correct mais il est **mal placé**. **8 est le deuxième chiffre du code.**

- **Code de la porte : 7 8 6.**
- **Chiffre mystère n° 25 : 7** (**7**86).

Découvre le mot secret – Page 64

Chiffre mystère de l'énigme...				
21	22	23	24	25
6	3	2	4	7

Énigme 21	X	D	C	L	P	(A)	Q	M	Y
Énigme 22	E	W	(M)	N	E	G	U	R	V
Énigme 23	Y	(I)	O	P	J	N	I	L	P
Énigme 24	C	X	A	(D)	I	Z	B	O	U
Énigme 25	K	I	M	T	D	P	(E)	T	S

- **Mot secret de l'Escape Game 5 :** AMIDE.

ESCAPE GAME FINAL

Page 66

Escape Game 1 : OUEST.
Escape Game 2 : LEPAT.
Escape Game 3 : RONDE.
Escape Game 4 : LAPYR.
Escape Game 5 : AMIDE.

- **La question secrète est : Où est le patron de la pyramide ?**
- Porte n° **1**.